내가 되는 기억라

기억이 되는 나

예소연 :)

어느 순간을 가리키자면

예소연 소설

어느 순간을 가리키자면

차례

어느 순간을 가리키자면

40명이 가득 찬 교실 안에는 무더위가 기승을 부리고 있었다. 천장에서 선풍기 몇 대만이 탈탈거리며 돌아가고 있었고 아이들은 저마다 교복 상의를 풀어 헤친 채 부채를 부치며 이러다 죽겠다고 죽어버리는 게 차라리 낫겠다고 아우성이었다. 나는 책상에 엎드려서 잠에 들까 말까 한 상태였는데 관자놀이에 맺힌 땀이 신경 쓰여 쉬이 잠에 들지 못하고 있었다. 엠피스리에서 흘러나오는 노래는 더 이상 나에게 어떤 감흥도 주지 못했으며 나는 속절없이 더위에 절여지고 있었다.

그때 그 시절 우리는 무언가를 아주 절실히 참고 견뎌내고 있었는데, 그 무언가가 도대체 무엇인지는 아무도 알지 못했다. 그 무엇은 더위처럼 아주 기승을 부렸고 극성이었으며 말 그대로 지랄 맞았다. 다들 마음에 그런 것을 꾹꾹 눌러 담은 채로 모여 있었다. 그러니까, 모여 있는 게 문제였다는 뜻이다. 그렇게 모인 고등학생들은 정말이지 절제하는 법을 몰랐고 미쳐 날뛰었으며 악마에게 자신의 몸을 내어준 사람처럼 굴었다.

특히 명태준이 그런 아이였다. 말과 행동을 조심하는 법이 없었다. 생각하는 대로 행동했고 행동하는 대로 생각했다. 반 아이들 전부 명태준을 두려워했다. 우리는 등하교 시 교복을 입어야 하는 규칙이 있었는데, 명태준은 그 규칙을 어기고 늘 체육복을 입고 등교했다. 머리는 항상 빨갛게 염색했고 체육 선생님과 아침마다 대거리를 했다. 아, 왜요. 엄마가 해줬어요. 엄마가 해준 거라니까요? 선생님이 엄마랑 전화해보시든가요.

뒷문 쪽에서 조금씩 언성이 높아지고 시끄러운 소리가 들리기 시작할 무렵, 나는 자리에서 일어나 슬그머니 뒤를 돌아봤는데 아니나 다를까, 명태준이 이석진에게 시비를 걸고 있었다. 요지는 이런 것이었다. 언젠가 명태준이 이석진에게 5천 원을 빌려주었는데 갚지 않았다는 것이다. 이석진은 당연히 그런 적이 없다고 딱 잘라 말했고 명태준은 계속 우겼다. 이석진이 일관된 태도로 나오자 명태준은 슬슬 열이 받기 시작했는지 이석진의 뺨을 건드렸다.

"야, 야."

"왜."

"내 말이 좆같아?"

"아니."

"좆같잖아."

"아니라고."

그러자 명태준이 이석진의 뺨을 조금 세게 때렸다. 그리고 다시 말했다.

"좆같다고 대답해."

"안 좆같아."

이번에는 교실이 울릴 정도로 반대쪽 뺨을 세차게 때렸다.

"대답하라고."

이석진은 끔찍한 모멸감에 가득 차 귀까지 빨개진 상태로 잠시 주저하더니 대답했다.

"좆같아."

"그럼 너도 때려."

그러면서 명태준은 슬며시 자신의 뺨을 이석진에게 내어주었는데 그 태도가 너무도 뻔뻔하고 나부져서 알 수 없는 힘이 느껴졌다. 이석진은 망설이다가 명태준의 뺨을 있는 힘껏, 아주 세게 때렸다. 교실은 몹시도 조용해서 뺨 때리는 소리밖에 나지 않았다. 이석진의 눈에는 눈물이 가득 차 있었고 그런 이석진을 바라보는 명태준의 얼굴은 몹시 밝았다. 그 얼굴로 이렇게 물었다.

"그럼 이제 5천 원 줄 수 있어?"

결국 이석진은 명태준에게 5천 원을 내어주었다. 그렇게 사건은 일단락되었다. 명태준은 원하는 걸 꼭 얻어내는 애였다. 나는 그런 명태준을 보고 있으면 깊은 분노가 끓어오르다가도 크나큰 공포감이 엄습했다. 그래서 아무것도 하지 못하고 제자리에 앉아 있을 수밖에 없었다. 명태준은 당분간 이석진을 괴롭힐 것이다. 타깃이 되었으니까. 명태준에게는 일정한 패턴이 있었다. 타깃이 된 아이는 어떻게든 명태준에게 바칠 담배나 돈을 구해 와야 했다. 때로는 그의 아는 형과 누나들에게까지 붙잡혀 온갖 조리돌림을 당했고 명태준이 심심해할 때면 함께 노래방에 가서 명태준이 부르는 노래에 맞춰 억지로 춤까지 춰야 했다. 아이들이 애걸복걸하며 자신을 놔달라고 애원하는 그 모습을 명태준은 가장 바라고 있었다. 선생님도 포기한 또라이 새끼. 그게 명태준이었다.

*

나는 등굣길보다 하굣길을 더 좋아했는데, 천천히 보고 싶은 것들을 볼 수 있기 때문이었다. 슈퍼 앞에 누워 있는 늙은 푸들을 쓰다듬고 복숭아나무에 열린 작은 복숭아 냄새를 오래도록 맡았다. 작은 개천을 바라보며 비가 오기를 기도하고 해를 뚫어져라 노려보며 무더위를 힐난했다. 집으로 돌아가면 엄마기 얼려놓은 밥을 데워 라면과 함께 먹고 컴퓨터 게임을 할 예정이었다. 그러고 있다 보면 어린이집에 갔던 동생이 셔틀버스를 타고 돌아오겠지. 나의 부모는 맞벌이 부부였고 심지어 아빠는 여기로부터 멀리 떨어진 다른 도시에서 일하며 주말에만 간간이 들르곤 했다. 그러다 보니 동생을 돌보는 건 자연스럽게 나의 몫이 되었다.

그렇게 한참 딴짓을 하며 집에 걸어가고 있는데 뒤에서 기척이 느껴졌다. 어쩐지 부끄러운 마음이 되어 돌아봤는데, 이석진이 서 있었다. 대다수의 아이들은 정문 근처에 있는 아파트 단지에 살았고 이석진도 거기에 사는 걸로 알고 있었다. 나는 우뚝 서서 이석진을 바라보았다. 이석진이 고개를 푹 떨구고 헛기침을 했다. 오늘 있었던 일이 생각

나 괜히 이석진에게 안쓰러운 마음이 들어서 먼저
말을 걸었다.

"괜찮아?"

"응."

그리고 침묵. 나는 더 이상의 침묵을 견디기 어
려워 잘 가라, 인사한 다음 부러 힘차게 앞으로 걸
어갔다. 이석진은 또 따라왔다. 나는 조금 짜증이
난 상태로 돌아봤다. 이석진이 쭈뼛거리며 말했다.

"서동미, 미안한데."

"어."

"나 돈이 없는데."

"없는데?"

"명태준이 자꾸 돈을 달래."

"너네 집 존나 부자잖아."

"엄마가 뚜렷한 경제관념이 생기기 전까지 현
금은 주지 않겠대."

"그럼?"

"주식으로 주셔."

"아, 씨발."

나는 어처구니가 없어 발걸음을 돌렸다. 그런데 내가 걸을 때마다 이석진이 따라오는 것이 느껴졌다. 그냥 계속 가려다가 자꾸 뒤따라오는 게 짜증이 나서 개천 옆에 있는 정자에 가 앉았다. 이석진이 망설이다가 다가왔다. 나는 가방 앞주머니를 뒤져 만 원을 꺼내 내밀었다. 이석진이 하얀 손으로 그 돈을 받아 들었다.

"고마워."

"그냥은 안 돼."

"응?"

"그냥은 안 된다고."

이석진은 내 옆에 가만히 쪼그려 앉았다. 그리고 물었다.

"그럼 어떻게 해야 되는데?"

그 물음이 너무 순진해서 온 힘을 실어 명태준의 뺨을 때린 그 애가 맞나 싶을 정도였다. 나는 부러 어른스러운 표정을 지으며 내게 돈을 받았으니 감당해야 할 것들이 있다고 일러주었다.

"감당해야 할 것들……."

이석진이 중얼거렸다. 순간 매미가 사방을 깨우듯 맴맴 울었다. 나는 오히려 이것이 내게 좋은 기회가 될지도 모른다고 생각했다.

*

정말이지, 이석진은 할 줄 아는 게 아무것도 없었다. 청소기를 작동시키는 법도 몰랐고 세탁기를 어떻게 돌리는지도 몰랐으며 심지어 라면을 끓일 줄도 몰랐다. 하나하나 내가 다 알려주어야 했다.

가스레인지 불은 켤 줄 안다고 하기에 하는 모양을 가만히 지켜보았는데, 밸브를 열지도 않은 채 자꾸 노브만 돌려댔다. 타타타타, 점회가 안 되는 화구를 빤히 보며 어라 이상하네, 하는 이석진이 얼마나 한심한지 나는 깊은 한숨을 쉬고 말았다.

"너는 도대체 집에서 뭐 해?"

"테레비 보고 공부하는데."

"엄마가 이런 거 안 시켜?"

"응."

"그럼 엄마가 집에서 뭐 하는지 안 궁금해?"

"응."

한껏 열이 받아 이석진의 이마를 세게 쥐어박았다. 이석진이 붉어진 이마를 매만지며 속없는 얼굴로 웃어 보였다. 그런 이석진에게 가스 밸브를 열고 불을 켜는 법을 알려준 뒤, 라면을 끓여 오라고 시켰다. 이석진은 군말 없이 냄비에 물을 받아 불 위에 올려놓았고 물이 끓어오르기를 기다렸다.

　나는 시간을 확인한 뒤 이석진을 내버려둔 채로 얼른 대문을 열고 1층으로 내려갔다. 내가 사는 집은 1층에 막걸릿집이 자리 잡고 있는 2층짜리 상가 주택이었는데 그래서 늘 고성방가가 일어나고 바퀴벌레가 곳곳에서 출몰하며 심지어 겨울에는 온수도 제대로 나오지 않는 곳이었다. 엄마는 우리 집을 한마디로 표현했다. 쓰레기 같은 집.

　밖으로 나가니 어린이집 셔틀버스가 벌써 도착해 있었다. 나는 선생님의 손을 잡고 조심조심 차에서 내리는 송미의 모습을 가만히 바라보았다. 차렷, 인사! 선생님이 큰 소리로 외치자 송미는 선생님을 향해 힘차게 배꼽인사를 했다. 나는 인사를 마친 송미의 손을 잡고 아주 천천히 쓰레기 같은 집으로 향하는 계단을 올랐다. 다리가 짧은 송미는 거의 기어오르듯 올랐다. 현관에 쪼그려 앉아 작은 신발 두 짝을 벗기자마자 송미는 튀어 오르듯 집 안으로 달려 들어갔고 이내 가스레인지 앞에 서 있는 이석진과 마주쳤다. 이석진은 자기 허리께에도 미치지 않는 조그만 송미를 내려다보다 어색한 얼굴로 인사했다. 안녕? 그러자 송미가 반듯하게 배꼽인사를 했다.

"라면이나 끓여."

그렇게 말하고 나는 자연스럽게 텔레비전을 틀어 13번으로 채널을 돌렸다. 송미는 조르르 달려와 소파에 폴짝 뛰어 앉은 뒤 집중해서 〈도라도라 영어나라〉를 시청하기 시작했다. 그사이 이석진은 라면이 다 되었다고 했고 나는 그것을 그릇에 담은 뒤 내 방으로 가져와 컴퓨터 책상 앞에 놓았다. 컴퓨터 전원 버튼을 누른 다음 내 방 문 앞에 멀거니 서 있는 이석진에게 말했다.

"송미도 라면 끓여줘. 너도 배고프면 같이 먹

고."

　그러자 이석진은 군말 없이 부엌으로 갔다. 이
윽고 가스 불 켜는 소리가 들렸다. 나는 서든어택
을 켜고 웨어하우스 맵에 입장한 뒤 적군을 만날
때마다 내가 가지고 있는 라이플로 난사했다. 상대
방은 피 대신 솜을 튀기며 순식간에 쓰러졌다. 피
였으면 더 좋았을 텐데. 그런 생각을 하며 다음 적
군을 조용히 기다렸다. 컨테이너 구석에 가만히 몸
을 숨기고 적군을 기다리는 시간. 현실에서는 대
상을 찾지 못해 의미 없이 부유하기만 하던 분노가
조용히 명중하길 기다리는 시간. 나는 그 시간을
참 좋아했다.

　"언니, 나 마녀 책 찾아줘."

　송미가 슬쩍 문을 열고 내게 말했다. 갑자기 웬
마녀 책? 불쑥 짜증이 치솟았다. 그새 게임 속 나는
누군가에게 발각되어 사망한 다음이었다. 마지못

해 자리에서 일어나 거실로 향했다. 송미가 말하는 마녀 책이 무슨 책인지 알고 있었다. 책의 원제목은 『마녀 냄비』이지만 송미는 그냥 마녀 책이라고 불렀다.

　거실에 나왔는데 이미 식사를 마친 듯 자리는 깨끗했다. 텔레비전은 꺼져 있고 대신 거실에 온갖 장난감이 널브러져 있었다. 그 중심에는 이석진이 있었다. 이석진은 형형색색의 애벌레 인형을 만지작거리다 말고 나를 바라보며 환하게 웃었다. 송미가 내 손을 잡아채지 않았더라면 나는 그 얼굴을 정말이지 아주 오래도록 보고 있을 뻔했다.

*

　그렇게 며칠간 이석진은 방과 후 하루도 빠짐없이 우리 집을 들락거렸지만 학교에서 이석진과 나는 알은체도 하지 않았다. 자리도 멀리 떨어져 있을 뿐더러 쉬는 시간마다 명태준이 이석진의 자리로 가 지속적으로 괴롭혔기 때문에 서로 대화를 나눌 시간조차 없었다. 아니, 시간이 있었다고 하더라도 우리는 구태여 이야기를 나누지는 않았을 것이다. 괜히 오해를 사고 싶지는 않았기 때문에. 그 시절 아이들은 여자애와 남자애가 대화만 나눠도 아주 쉽게 오해했으며 그 오해는 얼마 지나지 않아 기정사실화되어 아이들은 우리를 그렇고 그런 사이로 치부했을 것이다.

"너 무슨 이상한 냄새 나는 것 같은데?"

명태준이 이석진의 어깨 근처에 코를 박고 킁킁대며 말했다. 그러더니 몸 구석구석을 훑기 시작했다. 바짓단으로 내려가서야 코를 막고 다시 올라온 명태준은 무릎을 치더니 부러 목소리를 높여 외쳤다.

"씨발, 알았다. 음식 썩은 냄새가 존나 나네. 너
네 집 무슨 장사 하지."

나는 얼굴이 순식간에 달아올랐는데, 그 냄새
가 다름 아닌 우리 집 냄새일 거라고 생각했기 때
문이었다. 우리 집에서 나는 냄새가 이석준의 교복
에 배었을지도 몰랐다. 1층의 막걸릿집에서는 온
갖 전을 부쳤고 엄마는 그곳에서 올라오는 기름 냄
새가 너무 역해서 잠을 잘 수가 없다며 늘 앓는 소
리를 했다. 게다가 음식물쓰레기 처리장이 따로 없
는 상가 주택이라 매번 우리 집 대문 옆에 있는 전
신주 밑에다 쓰레기를 버리는 통에 가게 사장과 아
빠가 대거리를 한 적도 몇 번이나 있었다.

이석진과 함께 하굣길을 걸으면서 단 한 번도
이석진에게서 이상한 냄새가 난다는 생각을 해본
적이 없었다. 그렇다면 이석진에게 난다는 냄새는
우리 집에서 나는 냄새일 것이고 그 냄새는 나에게

도 나는 냄새일 것이다. 내가 제일 불쾌했던 건 그 냄새가 어떤 냄새인지 나는 전혀 모른다는 점이었다. 그러니까 나는 결코 모르지만 남들은 아는 나의 냄새일 것이고 이 냄새는 내가 그 집에 사는 동안, 아니 살아가는 동안 영영 없어지지 않을 수도 있다는 것이다.

"……더러운 새끼가."

그렇게 말한 것은 다름 아닌 이석진이었다. 아주 나직이, 기어들어 가는 목소리로.

"뭐라고? 다시 말해봐."

명태준의 말에 이석진이 분명하게 말했다.

"너한테서는 악취가 나."

명태준은 쭈그려 앉은 채로 이석진의 머리채를 잡았다. 그리고 세차게 흔들었다.

"너 정신 나갔냐? 진짜 죽고 싶지."

그런 다음 일어나 주먹으로 이석진의 배 정중

앙을 가격했다. 이석진은 신음도 내지 못하고 허리를 푹 숙였다.

　나는 거기까지 보고 책상에 엎드린 뒤 이어폰을 양쪽 귀에 꽂았다. 명태준이 어느 순간 죽어버리기를 바라면서. 하지만 그런 일은 일어나지 않겠지. 나는 우리가 왜 이런 수모를 당해야 하는 건지 이해가 가지 않았다.

　이석진이 흠씬 두들겨 맞는 지금 이 순간, 아무것도 하지 않고 그저 엎드리고 마는 나의 마음을 도대체 어떤 식으로 이해할 수 있을까. 나는 처절하고 또 슬퍼졌다. 다른 아이들도 나와 같을까? 나는 명태준의 다음 타깃이 내가 되지 않기를 바라는 동시에 이석진이 최대한 덜 아프기를 바랐다. 하지만 그것이 단지 바람으로만 끝나서는 안 된다고도 생각했다.

　자세를 바로 한 뒤 공책을 펴 명태준의 타깃이

되었던 아이들의 이름을 전부 적었다. 거의 열 명 가까이 되는 아이들이었다. 나는 그들의 이름을 크게 네모 칸으로 묶은 다음 '피해자'라고 적었다. 그러자 이 상황이 한층 더 명징해진 느낌이 들었다. 그런 다음 내 이름을 적고 명태준이 그 아이들에게 행했던 폭력적인 행동과 언사들에 대해 적어 내려 갔다. 그리고 앞자리에 앉은 아이에게 이 공책을 반 아이들에게 돌려달라고 전했다. 그 아이는 공책을 가만히 바라보더니 조용히 공책에 무언가를 적기 시작했다.

정말이지, 그것은 아주 조용히 시작된 일이었다. 아이들은 침묵한 채로 열렬히 적었다. 누군가는 그걸 이른다고 표현할 수도 있겠지만 우리에게 이 일은 명태준을 고발함과 동시에 우리가 겪었던 무언가를 진술하는 행위였고 어쩌면 그 이상의 행동일지도 몰랐다. 그날 내내 공책은 반 아이들 대

부분에게 전해졌고 조금이라도 명태준과 친분이 있는 아이에게는 전해지지 않았다. 마지막으로 이석진의 차례가 되었을 때, 이석진은 공책을 꼼꼼히 읽어 내려가더니 이내 아무것도 적지 않고 가방 안에 넣어버렸다.

*

　나는 정자에 앉아 흐르는 개울을 보았고 옆에 앉은 이석진은 그런 나를 가만히 바라보았다. 이석진은 내 눈치를 보는 듯 자꾸 자세를 고쳐 앉았는데, 그게 심기를 더 불편하게 만들었다. 나는 주머니에서 5천 원 한 장을 꺼내 이석진에게 주었다. 그리고 오늘은 그만 집에 가라고 했다. 이석진은 돈은 받지 않고 앉은 채로 성큼 더 가까이 다가와 내 얼굴을 자세히 들여다보았다.

"화가 나면 말을 안 하네."

"내가 왜 화가 나."

"그거 되게 좋지 않은 버릇이야."

그렇게 말한 이석진은 가방에서 공책을 꺼내 내게 들이밀었다.

"이거 때문이지?"

나는 아무 말도 하지 않으려다가 좋지 않은 버릇이라는 말이 마음에 걸려 고개를 끄덕였다. 이석진은 픽 웃더니 공책을 배에 얹고 대자로 누워버렸다. 나는 속 편하게 누워 있는 이석진이 괜스레 미워져서 내려다보며 물었다.

"너 쫄아서 그러는 거야?"

"쫄아서?"

"어. 명태준한테 쫄아서 걔가 나중에 해코지할까 봐 그러는 거냐고."

그러자 이석진이 나를 빤히 올려다보았는데 지

금 내가 굉장히 못생긴 표정을 짓고 있는 것 같아 민망해졌다. 재빨리 얼굴을 거두고 뒤를 돈 채로 최대한 무심하게 말했다.

"그 공책, 어른들한테 갖다줘."

"무슨 어른?"

"선생님이든, 경찰이든, 부모님이든. 그럼 알아서 해결해줄 거야."

"너 정말 그렇게 생각해?"

"그러면? 우리가 지금 이 상황에서 뭘 할 수 있는데."

"동미야, 어른들은 이 상황을 절대로 바꿀 수 없어. 내가 제일 무서운 게 뭔지 알아? 이 공책을 우리 부모님이 보게 되는 거야."

이석진이 나지막이 중얼거렸다. 나는 그제야 내가 오롯이 '타깃'이 되지 않은 입장에서만 이 상황을 생각해왔단 걸 깨달았다. 나의 부모 또한 그

랬다. 그들은 내가 학교에 오가는 행위 자체에 안정감을 느끼고 있었으며, 또래 집단과 고루 어울리고 있을 거라고 멋대로 판단하고 단정 지었다.

"엄마는 내가 학교에서 아주 잘 지내고 있는 줄 알아. 난 그런 엄마를 실망시키고 싶지 않고."

이석진은 그렇게 말하고 공책을 내게 주었다.

"그러니까, 이 공책은 네가 알아서 하도록 해."

내가 공책을 받아 들자 이석진은 가방을 메고 자리에서 일어섰다.

"어디 가?"

내가 묻자 이석진은 태연하게 말했다.

"송미 보러 가지. 오늘은 마녀 책을 읽어주기로 했어."

나는 빠른 걸음으로 저 멀리 먼저 걸어가는 이석진을 따라잡기 위해 종종걸음으로 뛰어갔다. 길 주변에는 짓무른 복숭아들이 바닥에 떨어져 있었다. 그것들은 달콤하고 시큼한 냄새를 풍겼다.

송미가 오기 전에 우리는 얼른 집을 치워놓기로 했다. 이석진은 어느덧 익숙하게 청소기를 돌렸다. 그리고 라면을 끓이는 대신 쌀을 앉혀 전기밥솥으로 밥을 지었다. 나는 아무 말도 하지 않았는데 이석진은 괜히 멋쩍었는지 엄마가 가르쳐주었다며 머리를 긁적였다. 나도 어느 순간부터 이석진이 있을 때는 게임을 하지 않고 함께 시간을 보내게 되었다. 햇살이 가득 들어찬 거실에서 이석진과 텔레비전을 보는 지금 이 순간은 왠지 모르게 몹시 충만하게 느껴졌다. 시시껄렁한 개그 프로그램에 눈을 떼지 못하는 이석진을 곁눈질하다가 넌지시 운을 뗐다.

"있잖아."

"응."

"나한테 말이야."

"응. 너한테 뭐?"

"냄새나?"

"냄새?"

"응. 그냥 여기 주변 환경도 별로 안 좋고 하니까 나한테도 그런 냄새가 날까 싶어서."

"신경 쓰였구나."

"아니. 그런 건 아닌데."

"동미야. 남을 깎아내리려고 안달 난 사람 얘기는 귀담아듣지 말자. 우리 그러지 않기로 하자."

단호한 이석진의 말에 나는 아무 말도 하지 않고 고개를 끄덕였다. 무른 아이인 줄로만 알았는데 생각보다 단단한 구석이 있는 아이였다. 이석진은 그렇게 말하고 다시 텔레비전으로 시선을 고정하더니 내게 흘리듯 말을 툭 내뱉었다.

"좋은 냄새 나. 너한테."

이내 흐르는 어색한 침묵. 그렇게 우리는 송미

가 오기까지 집중도 되지 않는 텔레비전만 괜히 하염없이 바라보며 시간을 때웠다.

역시나 송미는 집에 도착하자마자 신발을 벗어 던진 채 이석진부터 찾았다. 마녀 책을 들고 거실에 앉아 있는 이석진을 보자 좋아서 어쩔 줄 몰라 방방 뛰고 박수를 쳤다. 그런 다음 자연스레 이석진의 품에 안겼고 이석진은 천천히 책을 읽어주기 시작했다. 나는 소파에 앉아 아니꼬운 표정으로 그들이 하는 모양을 가만 바라보았다.

『마녀 냄비』는 송미가 특히나 좋아하는 책으로, 숲에 살던 마녀가 하루하루 느낀 감정들을 모아 커다란 냄비에 넣고 끓이는 내용이었다. 친한 노루와 대판 싸우고 돌아와 느낀 분노 한 움큼을 냄비에 탈탈 털어 넣은 뒤 보글보글, 온종일 재밌게 같이 놀다 갑작스럽게 죽어버린 하루살이 때문에 느낀 슬픔도 한 꼬집, 개똥벌레에게 깜짝 선물로 동그란 소똥을 선물받은 다음 느낀 기쁨도 왕창 넣어 보글보글, 그렇게 온갖 것을 냄비에 넣어 끓였더니 결국……!

"펑 하고 터져 마녀의 얼굴이 온통 새까맣게 그을렸답니다."

그러면 송미는 배를 잡고 깔깔 웃었다. 늘 그 대목에서 웃었다. 나는 그게 뭐가 그렇게 웃기니? 하고 물었는데 송미는 대답도 안 하고 계속 배를 잡고 웃었다. 이석진과 나는 숨이 넘어갈 것처럼 웃는 송미의 모습과 서로를 번갈아 바라보며 황당하다는 표정을 짓다가 이내 웃고야 말았다. 이석진은 한층 더 과장해서 두 손을 높이 들고 큰 소리로 송미에게 소리쳤다.

"펑!"

아니나 다를까 송미는 자지러졌다.

"펑!"

나는 애 놀라겠다며 그만 좀 하라고 팔로 이석
진의 목을 감싼 뒤 약하게 조이며 말렸다. 이석진
은 그런 나를 거의 등에 업디시피 한 채로 또다시
송미에게 장난을 쳤다.

"평!"

"뭐 하니?"

양손 가득 식료품을 사 온 엄마가 현관에서 우
리를 쳐다보고 있었다. 이석진은 자리에서 벌떡 일
어나 어색한 얼굴로 엄마에게 인사했고 송미는 조
르르 달려가 엄마의 오른 다리에 매달렸다.

"엄마, 평, 평, 마녀가 평 했어."

당황한 나는 엄마에게 대충 이석진을 소개했다.

"우리 반 친구야. 이름은 이석진."

엄마는 이석진을 머리부터 발끝까지 훑으면서
건조하게 말했다.

"그래, 반갑다."

엄마는 무표정한 얼굴로 들어오더니 거실에 부려놓은 장난감을 보며 한숨을 쉬었고 식료품을 천천히 정리하기 시작했다. 나는 이석진을 데리고 도망치듯이 밖으로 나왔다.

*

이미 날은 저물었고 열대야가 아직 가시지 않았지만 미미한 바람이 불어왔다. 바로 집으로 들어가기도 민망한 상황이었던지라 이석진에게 집까지 바래다주겠다고 했다. 이석진은 거절 한번 하지 않고 좋다고 했다. 바람에서 느껴지는 열기 통에 관자놀이에 땀이 송골송골 맺혔다. 이석진이 조금 덥지 않느냐고 물었고 나는 무지 덥다고 했다. 그러자 내게 열심히 손부채질을 해주기 시작했다. 그러는 이석진의 목에서는 땀이 흐르고 있었다.

"그만해, 너도 덥잖아."

"나는 안 더워."

"땀 나는데?"

"땀 난다고 더운 게 아니야."

"그럼?"

"덥다고 생각하면 더운 거야."

"그게 뭐야."

"좋다고 생각하면 좋고."

"밉다고 생각하면 밉고?"

"그렇지."

"명태준은? 미워?"

"아니. 하나도 안 미워."

단호한 얼굴로 이석진이 대답했다.

"나는 미워죽겠는데."

내가 중얼거리자 이석진이 고개를 저었다.

"그러지 마. 그러면 못생겨져."

그러면서 손가락으로 내 미간을 눌렀다. 이석진의 뜨거운 손가락이 미간에 닿자 그 부분이 이상하게 화끈거렸다. 나는 하지 말라고 언성을 높이면서 앞질러 걸어갔다. 그러자 이석진이 내 뒤를 쫓아왔고 나는 그 발걸음 소리가 좋아 웃고야 말았다.

이석진을 아파트 단지 입구까지 데려다주고 집에 가려는데 저 멀리서 화단에 쪼그려 앉아 있는 사람이 보였다. 우리 학교 교복을 입고 있기에 혹시 아는 애일까 싶어 다가갔다. 그런데 자세히 보니 머리가 빨간색이었다. 나는 그가 바로 명태준이라는 걸 알아차리자마자 모른 척 조심스레 돌아가려고 했다. 그런데 언제 나를 알아봤는지 명태준이 먼저 선수를 쳤다.

"나 좀 도와줄 수 있냐? 화단에 떨어진 게 있는데 도무지 찾을 수가 없어."

명태준은 화단 깊숙이까지 들어가 계속 바닥

을 살폈다. 나는 잠시 망설이다가 함께 화단으로 들어가 주변을 둘러보았다. 하지만 이렇다 할 물건은 보이지 않아 조심스레 명태준에게 물었다.

"뭘 찾는데?"

"작은 화분."

명태준의 목소리에는 힘이 없었다. 꼭 내가 알던 명태준이 아닌 것만 같았다.

"화분이라면 금방 보일 텐데. 누가 가져간 게 아닐까? 네 거야?"

"할머니 거. 할머니가 아끼던 건데 내가 떨어뜨렸어."

"같이 찾아줄까?"

"네 말이 맞을 것 같네. 누가 가져간 거야. 이제는 찾을 수 없어."

명태준은 그렇게 말하고 긴 다리로 휘적휘적 화단을 나섰다. 나도 명태준의 뒤를 따랐다. 우리는 잠시 아무 말도 하지 않았고 서로를 바라보지도 않았다. 나는 왜 명태준이 할머니가 아끼던 화분을 떨어뜨렸을지 궁금했다. 실수로 떨어뜨리진 않았을 것 같은데. 하지만 그런 것들을 물어볼 수는 없었다. 대신 나는 명태준이 했던 말을 되풀이했다.

"이제는 찾을 수 없어."

"그래."

"정말, 그런 거야."

"고맙다."

그 말을 끝으로 명태준은 인사도 하지 않은 채 아파트 단지로 들어가버렸다. 그 모습이 역시 내가 알던 명태준과 너무 달라서 이상하게 느껴졌다. 학교 바깥에서 명태준은 무엇을 상상하고 무엇을 느끼며 살아갈까. 나는 어쩌면 우리가 같은 지점에서 같은 미래를 상상하며 그 미래를 몹시 두려워하고 있을 수도 있다고 생각했다.

집에 도착해보니 엄마가 거실에 조용히 앉아 있었다. 뭔가 이상한 낌새를 알아차린 나는 조용히 방에 들어가려고 했는데 엄마가 잠시 앉아보라며 불렀다. 자리에 앉자 엄마는 가만히 나를 보다가 내 앞에 무언가를 툭 던졌다. 공책이었다. 오늘 반 아이들과 함께 돌아가면서 명태준과 있었던 일을 아주 상세하게 기록한 그 공책.

"내 가방 뒤졌어?"

"그게 중요한 게 아니잖아."

"남의 가방을 왜 뒤지는데."

"엄마가 딸 가방 좀 못 열어봐?"

"엄마가 도대체 엄마로서 어떤 자격이 있는데?"

말이 끝나기가 무섭게 엄마는 한 손으로 내 머리를 세게 때렸다. 얼얼한 통증을 느낄 새도 없이 나는 발악했다. 도대체 뭐가 문제냐고. 학교 끝나자마자 집에 와서 집안일 하고 서송미 밥 차려주고 간식 주고 놀아주고 재워주는데 그거면 된 거 아니냐고. 엄마는 한숨을 푹 쉬더니 무릎 사이에 고개를 파묻었다. 그러고는 이내 등을 들썩거리며 울기 시작했다.

자고 있던 송미는 안방에서 나와 우리를 번갈아 보았다. 그리고 울음을 터뜨렸다.

"엄마…… 언니…… 미안해."

나는 우는 송미는 달랠 수 있었지만 우는 엄마를 달래진 못했다. 엄마는 금세 고개를 들고 눈물을 닦은 뒤 나에게 물었다.

"아까 왔던 남자애가 이석진이라고 했지?"

"응."

"그 공책에 쓰인 게 정말이니?"

나는 아무 대답도 하지 않았다. 그러자 엄마가 조금 차가운 목소리로 말했다.

"동미야, 누가 누구를 일방적으로 괴롭히고 그

런 일은 절대로 일어나서는 안 돼.”

“나도 알아.”

“엄마는 너한테 미안한 게 너무 많아서 할 말이 없어. 그런데 그런 일은 결코 일어나지 않도록 해야 해. 그 말은 엄마가 꼭 해주고 싶어.”

“일단 선생님한테 말하지는 말아달래.”

“누가?”

“이석진이.”

“그래. 고민해보자.”

엄마는 그제야 좀 편안해진 얼굴로 송미를 품에 안은 채 머리를 쓰다듬었다. 그러더니 수박을 먹자고 했다. 수박 껍질을 처리하는 게 곤란해서 원래 우리 집은 수박을 잘 먹지 않았다. 나는 엄마가 이 일이 일어나기 전에 이미 수박을 사 왔다는 걸 알았지만 꼭 수박을 먹자고 하는 게 나한테 미안해서 그런 것처럼 느껴졌다. 엄마는 부엌으로 가

수박을 먹기 좋은 크기로 숭덩숭덩 자르기 시작했다. 정말 이석진은 명태준이 밉지 않은 걸까. 맨날 맞고 괴롭힘당하면서도 그 사람을 미워하지 않으려는 마음에 대해 생각해보았다. 결코 내가 가닿을 수 없는 마음이었다. 그런 일은 절대로 일어나서는 안 돼. 엄마의 단호한 그 말이 계속 귀에 맴돌았다.

*

지루했던 한문 시간이 끝나고 반 전체가 한차례 떠들썩했다. 종례 시간에 자리를 바꾼다는 소문이 돌았기 때문이었다. 우리는 삼삼오오 모여 누구와 짝이 되면 좋을지 속닥거렸고 최대한 앞자리만은 걸리지 않기를 바랐다. 나는 아이들과 떠들면서도 내심 속으로 생각했다. 이석진의 짝은 누가 될까. 나는 언젠가부터 이석진의 존재를 매 순간 의식하고 있었는데 그건 갑작스러운 일은 아니었고 자연스럽게 내가 눈으로 귀로 이석진을 좇고 있다는 사실을 의식하게 된 것이었다.

이석진이 잠깐 자리를 비운 틈을 타 명태준은 이석진의 자리에 앉아 있었다. 그리고 가방부터 사물함까지 구석구석 이석진의 소지품을 뒤지기 시작했다. 그러더니 갑자기 큰 소리로 박수를 쳤다. 모두의 주목을 받길 바라는 것처럼. 그 모습은 내가 어제 봤던 명태준의 모습이 아니었다. 정말이지, 완전히 다른 사람이었다.

"이것 봐라, 얘들아. 존나 웃긴 게 나왔다."

명태준은 한 손을 번쩍 들었다. 손에는 사각형의 작은 상자가 들려 있었고 명태준이 손을 움직일 때마다 반짝거렸다. 눈을 찌푸리고 그것을 한참 본 후에야 무엇인지 알 수 있었다. 나는 그것이 이석진의 것이라는 것도 믿기지 않았지만 하필 명태준에게 발각되었다는 사실이 끔찍했다.

돌아온 이석진이 무언가 이상한 분위기를 감지하고 뒷문에 멈춰 서서 명태준을 바라봤다. 명태준은 이석진을 보며 활짝 웃었다. 이석진은 명태준이 들고 있는 콘돔 상자를 발견하고는 크게 한숨을 쉬었다. 명태준이 웃음기를 거두고 이석진에게 성큼성큼 다가갔다.

"한숨? 너 한숨도 쉴 줄 알아?"

"내놔."

"너 이거 누구랑 할라고 샀어?"

"산 거 아니야. 그런 것도 아니고."

"난 아는데."

명태준이 이석진의 어깨에 팔을 두른 채 다른 한 손으로 나를 가리켰다.

"나 너네 봤거든. 어제 8단지에서. 너네 했지?"

모든 아이들의 이목이 나에게로 집중되었다.

피가 머리 위로 솟구치는 듯한 느낌과 함께 손끝부터 바들바들 떨리기 시작했다. 나는 그 순간 깨달았다. 명태준의 다음 타깃이 내가 될 거라는 것을. 명태준이 이석진에게 둘렀던 팔을 거두고 내게 다가왔다. 180센티미터가 훌쩍 넘는 명태준은 앞에 서는 것만으로도 위협적이었다. 나는 그 순간 명태준이 다름 아닌 어제의 일 때문에 나에게 위해를 가하고 있다는 것을 깨달았다.

"너 이석진이랑 잤어?"

명태준이 히죽거리며 내게 물었다.

"아니."

"거짓말."

"거짓말 아니야. 그때 이석진 데려다주고 너 만났잖아. 화단에서 할머니 화분 찾는 거 도와달라고 네가 직접 말했잖아."

그렇게 말하자 명태준의 표정은 일순간 차갑

게 굳어졌다. 말해서는 안 될 것을 말했다는 그런 표정이었다. 하지만 이내 명태준은 다시 비열한 얼굴을 하고 내게 가까이 다가오며 읊조렸다.

"나도 한 번 주면 안 되냐?"

그 말을 듣는 순간 나는 엄마의 말이 생각났다. 그런 일은 절대로 일어나서는 안 된다는, 그 말. 애석하게도 나는 내가 타깃이 되려 하는 때에서야 그런 생각을 했다. 명태준에게 뭔가를 보여줘야 한다는 생각. 그 생각 말고는 아무것도 떠오르지 않았다. 나는 주변에 있는 책상들을 거칠게 뒤엎었고 그 새끼를 해칠 만한 무언가를 찾았다. 그리고 눈에 보이는 것을 재빠르게 쥔 다음 그 새끼의 목을 찔렀다.

그건 볼펜이었다. 아주 얇은 볼펜. 명태준은 짤막한 신음을 내뱉더니 볼펜을 붙잡고 손을 떨었다.

"야. 씨발, 누가 이것 좀 어떻게 해봐."

명태준은 볼펜을 뽑지 않았다. 본능적으로 볼펜을 뽑으면 더 심각한 상황이 발생할 거라는 것을 아는 듯했다. 명태준을 도와주는 사람은 아무도 없었다. 명태준은 주변을 조용히 둘러보더니 너네 다 두고 봐, 중얼거리며 목에 꽂힌 볼펜을 쥔 채로 서둘러 교실 밖으로 나갔다.

*

명태준이 학교에 나오지 않게 된 이후 나와 이석진을 포함한 반 아이들은 오랜만에 평화로운 나날들을 보내고 있었다. 하지만 나와 이석진은 그날 이후 더 이상 만나지 않았다. 구실이 없어지기도 했고 미묘하게 사이가 어색해진 탓도 있었다. 대놓고 놀리지는 않았지만 나와 이석진을 보는 반 아이들의 시선이 심상치 않았기 때문이었다. 하지만 나는 여전히 이석진이 신경 쓰였다.

그 일이 있고 나서 얼마 지나지 않아 학교폭력대책자치위원회가 열렸다. 하지만 엄마가 증거물로 명태준의 가해 사실이 기록된 공책을 제출하면서 나는 가벼운 징계를 받는 것으로 일단락되었다. 사실상 명태준의 가해 사실이 낱낱이 드러나며 명태준은 강제 전학 조치를 받게 되었으므로 이 사건은 오히려 명태준에게 불리하게 작용했다.

명태준이 학교에 나오지 않는 동안, 명태준 대신 명태준의 할머니가 우리 반에 한 번 찾아왔다. 할머니는 종례 시간에 학생 한 명 한 명에게 빠짐없이 인사하며 데리버거를 돌렸고 콜라는 없었다. 나는 포장지를 까서 우적우적 데리버거를 씹어 삼켰다. 그러다 이석진과 눈이 마주쳤는데 이석진은 나를 보고 몹시 놀란 얼굴이었다. 마치, 그게 가능해? 라고 말하는 것처럼.

방과 후에 할머니는 내가 후문으로 올 것을 알 았다는 듯 나를 기다리고 있었다. 혼날 줄 알고 어 깨를 잔뜩 움츠렸는데, 할머니는 내 교복의 구겨진 부분을 정성스레 매만져주었다. 나는 멀찍이 뒤에 서 따라 걸어오고 있던 이석진을 불렀다. 이석진이 쭈뼛거리며 다가왔다. 그런 이석진을 가리키며 말 했다.

　　"할머니. 얘가 많이 맞았어요."

　　"얘가 왜 그렇게 사나운지, 정말."

　　"그러게요."

　　이석진이 이를 드러내고 웃으며 말했다.

　　"미안하네, 다들."

　　"명태준은 괜찮아요?"

　　이석진이 물었다.

　　"크게 다친 건 아니라 그냥 쉬고 있어. 집에만 있는 게 좀 힘든가봐. 혼자 있는 걸 못 견디거든."

그러더니 할머니는 나와 이석진에게 명태준이 전학을 가게 되면 집도 이사해야 하는데, 그럴 만한 돈도 없고 조건도 되지 않는다면서 명태준이 우리를 만나 직접 진심 어린 사과를 전하면 안 되겠느냐고 물었다. 나는 단연코 명태준을 용서할 생각이 없었다. 내가 잠자코 있는 사이 이석진이 말했다.

"만나볼게요."

할머니는 연신 너무 고맙다면서 이석진의 손을 맞잡고 한참이나 허리를 굽혀 인사했다. 나는 그런 이석진의 태도가 이해가 가지 않아서 불퉁한 얼굴로 한참이나 그 둘을 바라만 보고 있었다. 그러다가 문득 할머니에게 말해주고 싶은 게 생각났다.

"화분이요."

"응? 무슨 화분?"

"명태준이 할머니가 아끼던 화분을 떨어뜨렸

다고 했어요."

"아, 그거?"

"실수였대요."

"다 실수지. 그맘때는. 근데 어떤 건 돌이킬 수가 없어. 그게 문제야."

그렇게 말하며 할머니는 혀를 찬 뒤 뒤를 돌아 천천히 걸어갔다.

할머니가 돌아간 후 우리 사이에는 정적이 흘렀다. 이석진은 나를 가만히 보다가 중얼거렸다.

"또 화가 났네. 못된 버릇 나왔어."

나는 더 이상 참지 못하고 이석진에게 선언하듯 말했다.

"나는 용서 못 해. 걔가 널 얼마나 괴롭혔는데."

"용서하지 마."

"그럼 난 뭐가 돼?"

"용서 못 한 사람이 되는 거지."

"넌 용서한 사람 되고?"

"나 아직 용서 안 했는데?"

"그러면?"

"그냥 만나만 보는 거야. 물어볼 것도 많고."

이석진이 조용히 말했다. 얘는 도대체 뭐가 그리 물어볼 것도 많고 알아야 될 것도 많을까. 그렇게 생각하다가 어두운 밤 화단에 들어가 바닥을 유심히 살펴보던 명태준을 떠올리고야 말았다. 우리는 한참을 걷다가 여느 때처럼 정자에 앉아 쉬었다. 더위가 한풀 꺾이고 있었다. 풍경을 바라보고 있다가 가방 앞주머니에서 5천 원을 꺼내 이석진에게 내밀었다.

"이제 필요 없어."

"그럼 왜 따라왔어?"

이석진은 아무 말도 하지 않았다. 귀가 조금 붉어진 것 같기도 했다. 아, 맞다. 붉어진 귀를 보고 있자니, 생각나는 게 있었다.

"콘돔은 뭐였어?"

"아, 몰라."

"뭔데."

"있어. 그런 게."

"말해줘."

"싫어."

아니나 다를까, 이석진의 얼굴이 펑 하고 터져버린 것처럼 새빨갛게 달아올라 있었다.

"너 마녀 같아, 펑!"

내가 웃으며 말하자 결국 이석진은 자리에서 벌떡 일어나 송미 보러 갈 거야, 하며 우리 집 쪽을 향해 터벅터벅 걸어갔다. 헐레벌떡 뒤따라가 옆에 서니 이석진이 조용히 속삭였다.

"네 얘기 했더니 엄마가 준 거야. 혹시 모른다고. 나도 싫다고 했는데…… 우리 엄마 원래 좀 극성이잖아."

"나에 대해서 뭐라고 했는데?"

내가 묻자 이석진은 그건 비밀이야! 소리 지르고 저 멀리 달려갔다. 이석진의 묵직한 가방에서 온갖 것들이 부딪치며 요란한 소리를 내었다. 나는 이석진이 그렇게 한참 달려갈 때까지 내버려두었다. 이 장면을 오래도록 기억해야지 다짐하면서. 문득 멈춰 선 이석진이 뒤돌아 내게 손짓했다. 나는 되도록 천천히 아주 천천히 걸었다.

작업 일기

다소 과장하면

기억력이 좋지 않은 나 같은 사람들에게는, 파편적으로 떠오르는 장면이나 인상들이 몹시 중요하다. 어느 때는 장면 하나가 통째로 내 마음에 오래도록 머물러 있고 그것은 오롯이 사는 데 힘을 주곤 한다. 이 소설을 쓰는 내내 유튜브로 당시엔 미발매곡이었던 백현진의 〈모과〉를 들었다. 나에게는 어떤 좋았던 시절의 일부분을 떠올리게 해주

는 노래이기 때문이었다. 내가 특히 좋아하는 구절
은 이렇다.

    한순간 우린 다소 과장하면
    한순간 정말 모과만 있으면
    한순간 완전 살 수 있을 것만 같았네

    여기서 내가 특히나 좋아하는 구절은 '한순간
우린 다소 과장하면'이라는 구절인데, 왜냐하면 나
는 어떤 애정 어린 시절 혹은 불행했던 시절에 대
한 장면을 떠올릴 때 꼭 다소 과장하기 때문이다.
그렇게 그 순간은 자연스럽게 과장되고 왜곡되면
서 나의 마음에 자리 잡게 된다. 그렇게 자리 잡은
순간은 나에게 '다소 과장하면' 평생을 버틸 힘을
주기도 하며 이따금 살아 있다는 감각을 주기도 하
는 것이다.

누구에게나 그런 순간은 있을 것이다. 그런데 그런 순간은 점점 잊힌다. 잊히는 건 슬픈 일이기도 하지만 감사한 일이기도 하다. 나는 그 순간이 옅어져감을 느끼는 것도 나름대로 좋아하는 편이다. 하지만 애석한 것은 그렇다고 새로운 순간들로 내 마음이 채워지는 것 또한 아니라는 점이다. 그래서 그 순간, 그 느낌을 어떻게든 붙잡아보려는 일이 소설을 쓰는 데 참 도움이 되었던 것 같다.

남자 주인공을 누구로 할지에 대해 고민을 조금 했다. 명태준으로 할지, 이석진으로 할지. 솔직하게 말하자면 나는 명태준의 마음을 더 이해하기가 어려울 것 같아서 이석진을 주인공으로 선택했다. 혼자 있기를 두려워하는 동시에 뒤틀린 마음을 어찌할 줄 몰라 반복적으로 반 아이들을 괴롭히는 아이의 마음을 나는 잘 모른다. 하지만 명태준의 마음을 따라가다 보면 분명 우리가 외면하고 있는

복잡다단하고 분명한 두려움을 마주하게 될 거라고 생각한다.

나는 언젠가 여자아이였던 적이 있다. 당연한 말일 수도 있지만 그것은 내게 늘 슬픈 마음을 불러일으킨다. 학창 시절에 내가 조금 다른 아이였다면 지금의 나는 아주 다르지 않았을까. 이런 생각이 많이 들기 때문이다. 사는 내내 나는 결국 나로 사는 경험밖에 할 수 없다는 것도 알고 있다. 그렇기 때문에 나는 그 안에서 자그마한 기쁜 일들을 찾아내고 싶다. 그런 마음으로 서동미의 삶을 만들었다. 서동미는 결코 불행하지 않다. 왜냐하면 그의 곁에는 송미가 있고 엄마가 있으며 이석진과 함께했던 그 순간의 장면들이 있으니까.

소외받고 싶지는 않은데 그 마음을 드러내고 싶지는 않고, 아니 조금 뛰어나고 싶은데 전혀 뛰어나지 않고 나의 삶이 흘러가는 것 같은데 너무 같은 방식으로 흘러가는 게 몹시도 이상하여서 탈선의 욕망을 강하게 느끼지만 아주 겁이 나고…… 나는 그 마음을 잘 매만지고 싶다. 잘 매만져서 이런 마음도 있는 거라고, 아니 많은 아이들이 이런 마음의 모양을 가지고 있다고 이야기하고 싶다.

중학교 때 친구들과 노래방에 가면 늘 규칙을 잘 따라야 했다. 먼저 효율적으로 노래하기 위해 1절만 부르는 게 암묵적인 룰이었으며(1절만 부르고 칼같이 취소 버튼 누르기) 가성으로 노래를 부르면 지적을 받았다(소연아, 노래는 진성으로 불러야 해). 마지막에는 남은 시간을 잘 쓰기 위해 메들리 곡을 불러야 했다. 그럴 때는 흥이 나지 않아도 눈치를 보고 자리에서 일어나 탬버린을 들었다. 나는 그때 친구들이 좋았는데 동시에 친구들이 너무 피곤했다. 지금 생각해보면 2절이 그 노래의 정수인 노래도 있고 빅마마의 〈체념〉을 내가 가성으로 부르든 진성으로 부르든 무슨 상관이람? 안 그래도 부르기 힘든데. 그런데 그때는 그런 게 몹시 중요했으며 나 또한 규칙을 알고 잘 따랐다.

방금 쓴 이야기는 작은 해프닝이지만, 해프닝으로 끝나지 못할 이야기들도 많았다. 그 세계에 속하기 위해, 배제당하지 않기 위해 부단히 애썼던 그 시절의 아이들이 얼마나 많을까. 그리고 우리는 이렇게 자라서 담담한 사람이 되었지만, 조금 안 담담했던 시절의 이야기를 꺼내볼 수도 있는 것이다. 그 이야기는 장면과 인상으로만 남아 다소 과장된 이야기가 될 수도 있겠지만 누군가의 마음에 어떤 식으로든 남아 있을 이야기라고 믿는다.

이석진이 큰 가방을 메고 뛰어가는 그 뒷모습이 동미의 마음에 오래도록 남을 장면이라고 생각했다. 나에게는 여름이 지날 무렵 무른 복숭아 냄새가 나는 길목에서 그 뒷모습을 지켜보는 동미의 모습이 선명하다. 인생은 그렇게 쉽게 바뀌지 않고 삶은 원하는 대로 흘러가지 않을 것이며 내일은 똑같이 돌아오겠지만. 그럼에도 그 장면은 동미의 마음에 두고두고 남을 것이다. 소설을 쓰면 누군가의 마음에 어떤 장면을 심어줄 수 있어서 좋다.

*

나는 중학교 때 등하교하느라 매일같이 걸어다니던 대로변의 길가를 아직도 기억하고 있다. 커다란 주유소가 있었는데 언젠가 웬 차가 그곳의 가격표 표지판을 들이박은 적이 있었다. 사람들은 차가 사람이 아닌 표지판을 들이박아서 다행이라고 했다. 나는 여느 때처럼 주유소를 지나쳐 걸어가고 있었고 등 뒤로 굉음이 들리더니 차가 표지판을 들이박았다. 나는 그 차를 가만히 바라보다가 다시 학교를 향해 걸어가기 시작했다. 그리고 아주 뒤늦게 그 상황에서도 학교에 가 가만히 앉아 있었던 내 자신이 조금 이상하다는 걸 알아차렸다.

그런데 사실 나는 그 차가 표지판을 들이박는 장면을 목격한 적이 없을 수도 있다. 그 시절 내 기억은 아주 이상하게 뒤틀려 있으니까. 그건 내가 기억하고 싶은 것만 믿는다기보다는 뒤엉켜버렸다는 것에 가깝다. 그래서 나는 쉽사리 당시 아이들이 나를 어떻게 괴롭혔는지 내가 어떤 수모를 당했는지에 대해 설명할 수가 없다. 이건 다 내 마음이 지어낸 이야기일 수도 있다. 나는 정말 마음이 이야기를 지어낸다고 믿는다. 그런데 마음이 한번 이야기를 지어내면 그 이야기는 손쓸 수 없을 정도로 마음을 흔들어놓는다. 우리는 늘 그런 이야기 속에 산다.

그렇게 나는 뭐든지 불편하고 불안한 생각만

하는 어른이 되어버렸고 그건 누구의 잘못도 아니라고 생각한다. 그냥 이런 일과 저런 일을 겪고 또 그렇고 저런 생각에 몰두하다 보니 이렇게 된 거다. 그러니까 그게 중요하다고 생각한다. 그렇게 되어버린 것. 이렇게 된 나. 나는 어떻게든 살아서 이렇게 되었다. 나는 나의 삶을 대체적으로 비관하는 편이지만 늘 비관하지도 않는다. 그러니까 나는 결코 그 시절의 나를 싫어하지 않는다는 것이다. 다만 나에게 어떤 분명한 흔적을 남긴 기억들을 아주 깊게 들여다보고 싶을 뿐이다.

여기서 다시 백현진의 노래를 소환하고 싶다. 이번에는 〈빛〉이라는 제목인데 참으로 묘한 노래다. 가만히 듣고 있다 보면 어떤 상념에 빠지게 되는데 그 상념이라는 게 사람을 어디든 데려다줄 수 있는 힘이 있어 좋은 것 같다. 내가 제일 좋아하는 가사는 다음과 같다.

고개를 돌리니 저기 모서리가 있네

세 갈래 빛이 저기서 고요히 흐르네

그 빛을 따라 고개를 젖히니

창문 밖에 있는 태양이 보이네

그 태양 아래에는 바로 네가 서 있네

너로부터 오묘한 다정한 세 갈래 빛이

내 눈 속으로 머릿속으로 마음속으로

아주 깊숙이 스며서 머무네

머무네 머무네 온통 머무네

나는 머문다는 말이 참 좋다. 우리는 늘 어느 곳에 머물러 있으면서도 그곳으로부터 멀어지고자 하니까. 그런데 정신을 차려보면 항상 그곳에 머물러 있으니까. 이 소설의 배경이 된 집은 내가 중학교를 다니던 무렵 실제로 살던 집이었으며 그 집은 정말 온수도 나오지 않았고 난방도 잘되지 않는 집이었다. 심지어 1층에서 운영하던 술집 때문에 배관을 타고 올라온 바퀴벌레가 득실거렸다. 내 주변 친구들은 다 비슷비슷하게 살았고 서로의 불행을 배틀했으며 그 배틀에 승자는 없었다. 우리는 언제나 우울했다. 나는 내 어린 시절이 참 지독했다고 느끼면서도 그때의 내가 느낀 끔찍한 환멸 같은 것들은 되도록 오래도록 내 안에 머무르게끔 하고 싶다. 내가 결코 잊지 않을 수 있도록. 그런 기억들이 다들 있을 것만 같다.

*

나는 이 소설을 쓰는 내내 동미의 미래에 대해 생각하지 않을 수 없었다. 그래서 안타까운 마음이 들었고 동미가 되도록 좋은 마음을 가지며 세상을 잘 살아가기를 바랐다. 왜냐하면 동미의 가정환경은 무척 좋지 않을뿐더러 동미는 그런 환경을 이겨내보고자 하는 의지를 가지거나 긍정적 사고를 하는 종류의 인간이 아니기 때문이다.

그래도 동미의 엄마가 정의로운 사람이기를 바랐고 반에서 동미를 좋아하는 단 한 사람은 성정이 바른 사람이기를 바랐다. 그렇게 이야기는 만들어졌고 나는 언제나처럼 그 인물들에게 빚을 진 채로 미안한 마음을 해소하지 못해 어찌할 줄 모르는 상황에 빠지고야 말았다. 나는 왜 인물에게 구체성을 부여하는 방식에 있어서 늘 그 사람을 불행에 빠뜨리고야 마는 걸까?

우리가 매번 같은 길로만 가듯이, 사고도 주어진 회로가 있다고 한다. 항상 사고하는 대로만 사고하는 데 익숙해진 우리는 쉽게 함정에 빠진다. 슬픔과 우울, 비관의 늪에. 어쩌면 나의 사고는 매번 함정에 걸려드는 걸지도 모른다. 매번 같은 늪에 빠져 허우적거린다는 건 어떤 형벌과도 같은 게 아닐까.

사실 그래서 나는 이번 소설의 결말이 픽 어색하다. 동미에게 조금이나마 밝은 장면을 주었지만 그것이 나에게는 좀처럼 익숙한 것이 아니다. 그럼에도 해볼 만하다는 생각이 들었다. 내가 노력해서 인물들에게 바른 장면을 선사해주는 것. 그건 참 해볼 만한 데다가 해서 나쁠 것도 없는 일이다. 모두를 구제하는 일이니까. 이렇게 소설 쓰는 일이 사람 정신에 도움이 된다.

또 백현진의 노래를 소환하고 싶다. 이번에는 〈눈〉이라는 제목인데 가사는 몇 줄 되지 않지만 그 절절함이 남다른 노래다. 나는 '병원'이나 '심란'이라는 단어에서부터 벌써 심장이 저릿해지곤 한다. 가사는 다음과 같다.

병원에서 너를 보고 너무 심란하여서

나는 몇 개 있던 약속 모두를 취소했지

이런 날엔 이런 기분으로 술을 마시면

아주 완전히 망가져버리게 될 것만 같아서

그래서 2리터짜리 물을 사서 공원으로 갔지

이 공원에 너와 나는 함께 온 적이 있었지

집에 오는 골목길에서 내리는 눈을 한참 보네

집에 오는 골목길에서 흩날리는 눈을 보네

......

2리터짜리 물을 들고 내리는 눈을 한참 보네

집에 오는 골목길에서 눈을 감고 너를 보네

소설을 쓸 때 인물이 무언가를 보고 있는 장면
을 서술할 때면 그게 내가 아닌 걸 알고 있음에도

내가 그걸 보고 있다고 믿게 된다. 그런데 이 노래를 들을 때면 이 노래의 주인공이 분명 내가 아닌데도 내가 그 눈을 보고 있는 것만 같은 기분이 든다. 사실 나는 그래서 소설 속 인물을 나와 분리시켜 바라보는 일에는 그다지 자신이 없다. 고백건대, 다 나 같은 사람일지도 모른다.

나는 운동을 간다고 결심하고서 몇 시간 뒤에는 운동 갈 생각을 전혀 안 하는 사람이다. 누워 있지 말자고 다짐하면서 누워 있는 사람이다. 천성이 게으르다고 생각하면서 그 게으름을 고치려고 들지 않는 사람이다. 자주 슬퍼하는 사람이고 슬퍼하면서도 핸드폰을 할 수 있는 사람이다. 그러니까 슬퍼하는 데에는 주저함이 없지만 그렇다고 슬퍼'만' 하지도 않는다는 것이다.

그래서 '순간'을 좋아한다. 어느 순간, 슬픔과 고통이 한꺼번에 밀려오는 순간을 이야기하는 것.

하지만 그것은 정말 순간일 뿐이고. 그 감정은 언제 그랬냐는 듯 일순간에 잠잠해진다. 나는 그 간극을 살피는 것을 좋아한다.

동미가 애벌레 인형을 만지는 이석진의 희멀건 얼굴을 바라보는 그 순간, 이석진이 동미를 따라가기로 결심했던 그 순간, 동미가 햄버거를 우적우적 씹어 먹던 그 순간…… 그 순간은 다신 돌아오지 못할 순간이 되어버린다. 그리고 우리는 언제 그랬냐는 듯 다른 생각을 하고 다른 삶을 산다. 그런데 그 흔적은 마음 어디엔가 아주 분명하게 남아 있다.

*

앞에서도 말했지만 이 소설을 쓰는 내내 백현진의 노래를 정말 많이 들었다. 조만간 광화문에 있는 일민미술관 전시도 보러 갈 계획이다. 백현진이야기만 한 것 같아 조금 민망하지만, 나는 요즘 그 정도로 백현진에 빠져 있다. 돌이켜보면 고등학교 때 윈디시티의 김반장에게 이렇게 빠졌던 적이 있었다. 싸이월드 다이어리에다가 김반장 얘기를 엄청 했던 것 같은데.

누군가가 이 소설이 나를 어디로 데려갔느냐고 묻는다면 나는 조금 다른 나의 과거로 데려갔다고 말할 것이다. 이 소설을 쓰면서 나의 과거에 대해 생각했고 그 과거는 곱씹어볼수록 조금씩 다른 형태를 띠었으며 그것이 위안이 됐다. 그리고 '다소 과장하면' 꽤나 즐거운 경험이었다. 이 작업 일기에 쓰인 모든 이야기가 다소 과장해서 쓰인 이야기라고 하면 너무 허무하려나. 그런데 나는 정말로 과장을 많이 하는 경향이 있다.

어느 순간을 가리키자면

초판 1쇄 발행 2024년 12월 20일

지은이 예소연

펴낸이 안병현 김상훈
본부장 이승은   총괄 박동옥   편집장 박윤희
책임편집 정수향 김정은
마케팅 신대섭 배태욱 김수연 김하은   제작 조화연

펴낸곳 주식회사 교보문고
등록 제406-2008-000090호(2008년 12월 5일)
주소 경기도 파주시 문발로 249
전화 대표전화 1544-1900   주문 02)3156-3665   팩스 0502)987-5725

ISBN 979-11-7061-213-1 (04810)
        979-11-7061-151-6 (세트)
책값은 표지에 있습니다.
KOMCA 승인필